Nota para los padres y encargados:

Los libros de *Read-it! Readers* son para niños que se inician en el maravilloso camino de la lectura. Estos hermosos libros fomentan la adquisición de destrezas de lectura y el amor a los libros.

 El NIVEL MORADO presenta temas y objetos básicos con palabras de alta frecuencia y patrones de lenguaje sencillos.

 El NIVEL ROJO presenta temas conocidos con palabras comunes y oraciones de patrones repetitivos.

 El NIVEL AZUL presenta nuevas ideas con un vocabulario más amplio y una estructura gramatical más variada.

 El NIVEL AMARILLO presenta ideas más elevadas, un vocabulario extenso y una amplia variedad en la estructura de las oraciones.

 El NIVEL VERDE presenta ideas más complejas, un vocabulario más variado y estructuras del lenguaje más extensas.

 El NIVEL ANARANJADO presenta una amplia de ideas y conceptos con vocabulario más elevado y estructuras gramaticales complejas.

Al leerle un libro a su pequeño, hágalo con calma y pause a menudo para hablar acerca de las ilustraciones. Pídale que pase las páginas y que señale los dibujos y las palabras conocidas. No olvide volverle a leer los cuentos o las partes de los cuentos que más le gusten.

No hay una forma correcta o incorrecta de compartir un libro con los niños. Saque el tiempo para leer con su niña o niño y transmítale así el legado de la lectura.

Adria F. Klein, Ph.D.
Profesora emérita, California State University
San Bernardino, California

Managing Editor: Bob Temple
Creative Director: Terri Foley
Editor: Brenda Haugen
Editorial Adviser: Andrea Cascardi
Copy Editor: Laurie Kahn
Designer: Melissa Voda
Page production: The Design Lab
The illustrations in this book were created digitally.
Translation and page production: Spanish Educational Publishing, Ltd.
Spanish project management: Jennifer Gillis/Haw River Editorial

Picture Window Books
5115 Excelsior Boulevard
Suite 232
Minneapolis, MN 55416
1-877-845-8392
www.picturewindowbooks.com

Printed in the United States of America.

Library of Congress Cataloging-in-Publication Data
Blair, Eric.
[Frog prince. Spanish]
El príncipe encantado : versión del cuento de los hermanos Grimm / por Eric Blair ;
ilustrado por Todd Ouren ; traducción, Patricia Abello.
p. cm. — (Read-it! readers)
Summary: An easy-to-read retelling of the classic tale of a beautiful princess who makes
a promise to a frog which she does not intend to keep.
ISBN 1-4048-1631-3 (hard cover)
[1. Fairy tales. 2. Folklore—Germany. 3. Spanish language materials.] I. Ouren, Todd, ill.
II. Abello, Patricia. III. Grimm, Jacob, 1785-1863. IV. Grimm, Wilhelm, 1786-1859.
V. Frog prince. Spanish. VI. Title. VII. Series.

PZ74.B4277 2005
[E]—dc22   2005023480

El príncipe encantado

Versión del cuento de los hermanos Grimm

por Eric Blair
ilustrado por Todd Ouren
Traducción: Patricia Abello

Con agradecimientos especiales a nuestras asesoras:

Adria F. Klein, Ph.D.
Profesora emérita, California State University
San Bernardino, California

Kathy Baxter, M.A.
Ex Coordinadora de Servicios Infantiles
Anoka County (Minnesota) Library

Susan Kesselring, M.A.
Alfabetizadora
Rosemount-Apple Valley-Eagan (Minnesota) School District

PICTURE WINDOW BOOKS
Minneapolis, Minnesota

Los hermanos Grimm

Los hermanos Jacob y Wilhelm Grimm
se pusieron a reunir cuentos viejos de
su país, Alemania, para ayudar a un amigo.
El proyecto se suspendió por un tiempo, pero
los hermanos no lo olvidaron. Años después,
publicaron el primer libro de los cuentos de
hadas que oyeron. Hoy día, esos cuentos
todavía entretienen a niños y adultos.

Había una vez un rey que tenía varias hijas. La menor era la más bella de todas.

La princesa tenía una pelota dorada.
Era su juguete preferido. Le encantaba
lanzarla al aire y agarrarla.

6

Al lado del palacio había un oscuro bosque. Al borde del bosque había un pozo. Era tan profundo, que no se veía el fondo. La princesa iba allí a jugar con su pelota dorada.

Un día, la princesa jugaba cerca del pozo. Lanzó la pelota a lo alto. Trató de agarrarla, pero no pudo. La pelota rebotó, rodó y cayó al pozo. La princesa se puso a llorar.

De repente, una voz le preguntó:
—¿Por qué lloras?

La princesa miró a su alrededor. La voz
era de una rana. La fea cabeza de la
rana salía del agua.

—Lloro porque mi pelota dorada cayó al pozo. No volveré a verla —dijo la princesa.

—No llores —dijo la rana—. Yo te ayudaré. ¿Qué me darías si saco la pelota?

—Lo que sea —dijo la princesa—.
Lo que tú quieras. Mis trajes, mis joyas,
hasta mi corona de oro.

—Te diré lo que quiero —dijo la rana—.
Déjame ser tu amigo. Juega conmigo.
Déjame comer de tu plato y beber de
tu vaso. Déjame dormir en tu cama.
Si me prometes todo esto, te daré tu
pelota dorada.

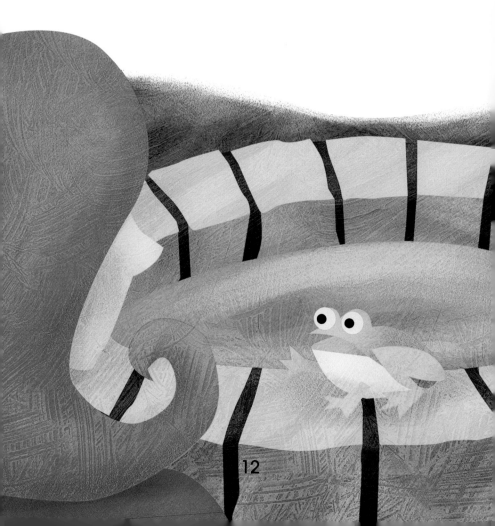

12

La princesa aceptó. —Te daré lo que sea —dijo. Pero la princesa no decía la verdad y pensaba: *Qué rana tan tonta. ¿Cómo cree que puede ser amiga de un humano?*

13

La rana se metió al pozo y salió con la pelota dorada en la boca. La escupió en el pasto.

La princesa recogió la pelota y corrió
al palacio. —¡Regresa! —gritó la rana—.
Llévame.

Pero la princesa no regresó.
Se olvidó de la rana y de la promesa.

Al día siguiente, la princesa cenaba con su padre, el rey. Su plato y su vaso eran de oro.

Splish, splash, plop, plop. La rana salió del pozo y subió las escaleras del palacio. Golpeó a la puerta.

—Princesa, ¡déjame entrar! —gritó la rana.

La princesa abrió la puerta. Cuando vio a la rana, cerró la puerta de un golpe. Volvió a la mesa, pero el rey vio que estaba asustada.

—¿Viste un monstruo? —preguntó el rey.

—No, padre. Es tan sólo una rana fea
—dijo. La princesa le contó a su padre
lo que pasó con la pelota, la rana
y la promesa.

El rey dijo: —Cuando prometes algo, debes cumplirlo. Deja entrar a la rana.

—Pero padre, ¡es tan babosa! —dijo la princesa—. ¿Cómo puedo ser su amiga?

La princesa hizo lo que le ordenó su padre y dejó entrar la rana al palacio. La rana siguió a la princesa a la mesa.

—Ponme en tu silla —dijo la rana.

De nuevo, el rey le ordenó a la princesa hacer lo que la rana pedía.

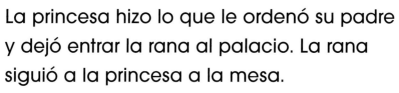

Después la rana quiso estar sobre
la mesa. —Acerca tu plato para que
podamos comer juntas —dijo.

La princesa hizo lo que la rana pedía,
pero de mala gana. La rana comió
mucho. La princesa casi no comió.

Cuando la rana terminó de comer, dijo:
—Quiero dormir. Llévame a tu alcoba.

La princesa tenía miedo de tocar la fría
rana. ¡Tendría que dormir con ella en su
linda cama!

La princesa se puso a llorar. Su padre
se enojó.

—Si alguien te ayuda y tú le prometes algo
a cambio, debes cumplirlo —dijo el rey.

La princesa tomó a la rana y la llevó
a su alcoba.

La princesa puso a la rana en el piso de su alcoba. Después se acostó en su cama y apagó la luz.

Cuando la princesa estaba acostada,
la rana saltó y tiró de las sábanas.
—Estoy cansada y quiero dormir.
Cárgame o se lo diré a tu padre
—dijo la rana.

La princesa se enojó. Tomó la rana
y la lanzó contra la pared con todas
sus fuerzas. —Aquí tienes, rana fea.
Ahora podrás dormir —dijo.

Cuando cayó al piso, la rana se convirtió
en un apuesto príncipe. Le contó a
la princesa que una bruja malvada
lo convirtió en rana. Había perdido
la esperanza hasta que la princesa
llegó a jugar al pozo.

La princesa miró los bellos ojos del
príncipe y le creyó. Aceptó al príncipe
como su querido amigo y esposo.
Se fueron al reino del padre de él
y vivieron felices para siempre.

Más *Read-it! Readers*

Con ilustraciones vívidas y cuentos divertidos da gusto practicar la lectura. Busca más libros a tu nivel.

CUENTOS DE HADAS Y FÁBULAS

La bella durmiente	1-4048-1639-9
La Bella y la Bestia	1-4048-1626-7
Blanca Nieves	1-4048-1640-2
El cascabel del gato	1-4048-1615-1
Los duendes zapateros	1-4048-1638-0
El flautista de Hamelín	1-4048-1651-8
El gato con botas	1-4048-1635-6
Hansel y Gretel	1-4048-1632-1
El léon y el ratón	1-4048-1623-2
El lobo y los siete cabritos	1-4048-1645-3
Los músicos de Bremen	1-4048-1628-3
El patito feo	1-4048-1644-5
El pescador y su mujer	1-4048-1630-5
La princesa del guisante	1-4048-1634-8
Pulgarcita	1-4048-1642-9
Pulgarcito	1-4048-1643-7
Rapunzel	1-4048-1636-4
Rumpelstiltskin	1-4048-1637-2
La sirenita	1-4048-1633-X
El soldadito de plomo	1-4048-1641-0
El traje nuevo del emperador	1-4048-1629-1

¿Buscas un título o un nivel específico? La lista completa de *Read-it! Readers* está en nuestro Web site: *www.picturewindowbooks.com*